30 CENTIMES LA LIVRAISON
DE 48 PAGES DE TEXTE ET UNE GRAVURE SUR ACIER.
TOUS LES MARDIS.

LE MÉRITE
DES FEMMES

ÉDITION NOUVELLE,

PRÉCÉDÉE D'UNE NOTICE ET AUGMENTÉE DE POÉSIES INÉDITES;

PAR LEGOUVÉ;

ORNÉE DE JOLIES VIGNETTES GRAVÉES EN TAILLE-DOUCE,
D'APRÈS LES DESSINS DE M. C. ROGIER.

1re LIVRAISON.

PARIS
CAMUZEAUX, LIBRAIRE-EDITEUR,
QUAI SAINT-MICHEL, 25.

1835

30 CENTIMES LA LIVRAISON

DE 48 PAGES DE TEXTE ET UNE GRAVURE SUR ACIER

— TOUS LES MARDIS. —

LE MÉRITE DES FEMMES

ÉDITION NOUVELLE

PRÉCÉDÉE D'UNE NOTICE ET AUGMENTÉE DE POÉSIES INÉDITES

PAR LEGOUVÉ;

ORNÉE DE JOLIES VIGNETTES GRAVÉES SUR ACIER D'APRÈS LES DESSINS DE M. [illegible]

1re LIVRAISON.

PARIS

[illegible], LIBRAIRE-ÉDITEUR,

QUAI SAINT-MICHEL, [illegible]

1835.

C. Rogier del. *A. Lefèvre sc.*

LE MÉRITE DES FEMMES

Le Mérite

DES FEMMES.

POÈME.

Le bouillant Juvénal, aveugle en [illegible]
Despréaux, moins fougueux [illegible]
Contre un sexe paré [illegible]
Du caractère [illegible]
[illegible]
[illegible]
[illegible]
[illegible]

Le Mérite des Femmes.

POEME.

Le bouillant Juvénal, aveugle en sa colère,
Despréaux, moins fougueux, et non pas moins sévère,
Contre un sexe paré de vertus et d'attraits
Du carquois satirique ont épuisé les traits.
De ces grands écrivains je marche loin encore;
Mais j'ose, défenseur d'un sexe que j'honore,
Opposant son empire à leur inimitié,
Célébrer des humains la plus belle moitié.

Lorsqu'un Dieu, du chaos où dormaient tous les mondes,
Eut appelé les cieux, et la terre, et les ondes,
Eut élevé les monts, étendu les guérets,
De leurs panaches verts ombragé les forêts,
Et dans l'homme, enfanté par un plus grand miracle,
Eut fait le spectateur de ce nouveau spectacle,
Pour son dernier ouvrage il créa la Beauté.
On sent qu'à ce chef-d'œuvre il doit s'être arrêté.
Eh! qu'aurait fait de mieux sa suprême puissance?
Ce front pur et céleste où rougit l'innocence,
Cette bouche, cet œil, qui séduisent les cœurs,
L'une par un sourire et l'autre par des pleurs;
Ces cheveux se jouant en boucles ondoyantes,
Ce sein voluptueux, ces formes attrayantes,
Ce tissu transparent dont un sang vif et pur
Court nuancer l'albâtre en longs filets d'azur;
Tout commande l'amour, même l'idolâtrie.
Aussi, ne lui donnant que le ciel pour patrie,
Des peuples généreux virent dans la beauté
Un emblème vivant de la Divinité.

Dans les sons de sa voix ou propice ou funeste
Les Celtes entendaient la volonté céleste,
Et, prêtant à la femme un pouvoir plus qu'humain,
Consacraient les objets qu'avait touchés sa main.
Un fanatisme aimable à leur ame enivrée
Disait : « La femme est dieu, puisqu'elle est adorée. »
Ce culte dure encore; on voit encore les cieux
S'ouvrir, se déployer, se voiler dans ses yeux.
Même au sein du sérail, qui la tient enfermée
Comme un vase recèle une essence embaumée,
Esclave souveraine, elle fait chaque jour
Porter à son tyran les chaînes de l'amour;
Et sur nos bords, où, libre, elle peut sans alarmes
Décorer tous les lieux de l'éclat de ses charmes,
Soit que dans nos jardins, dans nos bois fréquentés,
Se promène au matin un essaim de beautés,
Soit que dans nos palais quand la nuit recommence,
De belles à nos yeux s'étale un cercle immense,
Tous les cœurs attentifs ressentent leur pouvoir :
Même sans les entendre on jouit de les voir;

On goûte la douceur d'un trouble involontaire.
Mais ce sexe n'a-t-il qu'un seul moyen de plaire ?
Amour du monde, il joint à des dehors brillans
Un charme encor plus sûr, le charme des talens.

Aux sons harmonieux d'une harpe docile
Chloris a marié sa voix pure et facile :
L'œil tantôt sur Chloris, tantôt sur l'instrument,
On savoure à longs traits ce double enchantement.
Ses accords ont cessé, son maître la remplace.
Il a plus de science ; a-t-il autant de grace ?
Il enfante des sons plus pressés, plus hardis ;
Mais offre-t-il ces bras par l'Amour arrondis,
Qui, s'étendant autour de la harpe savante,
L'enlacent mollement de leur chaîne vivante ?
Offre-t-il la rougeur, le touchant embarras,
Qui d'un front virginal relèvent les appas ?
Plaît-il enfin à l'œil comme il séduit l'oreille?
Un bal suit le concert ; c'est une autre merveille.

Là, Lucinde, Églé, Laure, en leur premier printemps,
Couvertes d'or, de fleurs, de tissus éclatans,
De leur taille légère agitant l'élégance,
Semblent le lis pompeux que le zéphir balance;
Et de leurs pas brillans le danseur même épris
Sent que Momus pour plaire a besoin de Cypris.
Que seraient sans Cypris les fêtes du théâtre?
Sans doute la beauté qu'Orosmane idolâtre,
Soupirant son amour, ses combats, ses malheurs,
Par le seul art des vers eût fait couler nos pleurs;
Mais de ce rôle heureux quels que soient tous les charmes,
L'organe de Gaussin lui conquit plus de larmes.
Oui, Beaux-Arts, oui, la femme, employant vos secrets,
Même sans être vue, ajoute à vos attraits.
Des fleurs par Vallayer sur la toile jetées
On est prêt à cueillir les tiges imitées;
On croit voir respirer les portraits précieux
Où Le Brun immortel attache tous les yeux;
Des graces dans leur touche on sent la main aimable.
Les graces ont dans tout ce charme inexprimable.

Lisons Riccoboni, La Fayette, Tencin :
De leurs romans l'amour a tracé le dessin ;
Et dans Cécilia, Sénange et Théodore,
Dans ces tableaux récens, l'Amour est peintre encore.
Pour la femme, il est vrai, redoutant un travers,
Un poète voulut lui défendre les vers.
Sans doute il ne faut pas qu'en un mâle délire
Elle fasse parler la trompette ou la lyre ;
Mais elle a su prouver que sous ses doigts légers
Soupire sans effort la flûte des bergers.
Est-ce un jeu de l'esprit qu'elle doit s'interdire?
Peut-être on aime mieux, quand on sait bien le dire.
Laissons-la donc sans crainte exercer à son tour
Un art qui peut tourner au profit de l'amour.

Graves censeurs du sexe, à vos regards sévères
Tous ces dons enchanteurs ne sont qu'imaginaires.
Ah ! si par vos talens il ne vous peut charmer,
Ses services du moins sauront vous désarmer.

Comment les méconnaître ? Avec notre existence
De la femme pour nous le dévoûment commence.
C'est elle qui, neuf mois, dans ses flancs douloureux
Porte un fruit de l'hymen trop souvent malheureux,
Et sur un lit cruel long-temps évanouie,
Mourante, le dépose aux portes de la vie.
C'est elle qui, vouée à cet être nouveau,
Lui prodigue les soins qu'attend l'homme au berceau.
Quels tendres soins ! Dort-il ; attentive, elle chasse
L'insecte dont le vol ou le bruit le menace :
Elle semble défendre au réveil d'approcher.
La nuit même d'un fils ne peut la détacher ;
Son oreille de l'ombre écoute le silence ;
Ou, si Morphée endort sa tendre vigilance,
Au moindre bruit rouvrant ses yeux appesantis,
Elle vole, inquiète, au berceau de son fils,
Dans le sommeil long-temps le contemple, immobile,
Et rentre dans sa couche, à peine encor tranquille.
S'éveille-t-il ; son sein, à l'instant présenté,
Dans les flots d'un lait pur lui verse la santé.

Qu'importe la fatigue à sa tendresse extrême ?
Elle vit dans son fils, et non plus dans soi-même ;
Et se montre, aux regards d'un époux éperdu,
Belle de son enfant à son sein suspendu.
Oui, ce fruit de l'hymen, ce trésor d'une mère ;
Même à ses propres yeux, est sa beauté première.
Voyez la jeune Isaure, éclatante d'attraits :
Sur un enfant chéri, l'image de ses traits,
Fond soudain ce fléau qui, prolongeant sa rage,
Grave au front des humains un éternel outrage.
D'un mal contagieux tout fuit épouvanté ;
Isaure sans effroi brave un air infecté.
Près de ce fils mourant elle veille assidue.
Mais le poison s'étend et menace sa vue :
Il faut, pour écarter un péril trop certain,
Qu'une bouche fidèle aspire le venin.
Une mère ose tout, Isaure est déjà prête :
Ses charmes, son époux, ses jours, rien ne l'arrête ;
D'une lèvre obstinée elle presse ces yeux
Que ferme un voile impur à la clarté des cieux,

Et d'un fils, par degrés, dégageant la paupière,
Une seconde fois lui donne la lumière.
Un père a-t-il pour nous de si généreux soins ?

Bientôt d'autres bontés suivent d'autres besoins.
L'enfant, de jour en jour, avance dans la vie :
Et, comme les aiglons qui, cédant à l'envie
De mesurer les cieux dans le premier essor,
Exercent près du nid leur aile faible encor,
Doucement soutenu sur ses mains chancelantes,
Il commence l'essai de ses forces naissantes.
Sa mère est près de lui : c'est elle dont le bras
Dans leur débile effort aide ses premiers pas ;
Elle suit la lenteur de sa marche timide ;
Elle fut sa nourrice, elle devient son guide.
Elle devient son maître, au moment où sa voix
Bégaie à peine un nom qu'il entendit cent fois :
MA MÈRE est le premier qu'elle l'enseigne à dire.
Elle est son maître encor dès qu'il s'essaie à lire ;

Elle épelle avec lui dans un court entretien,
Et redevient enfant pour instruire le sien.
D'autres guident bientôt sa faible intelligence,
Leur dureté punit sa moindre négligence ;
Quelle est l'ame où son cœur épanche ses tourmens ?
Quel appui cherche-t-il contre les châtimens ?
Sa mère ! elle lui prête une sûre défense,
Calme ses maux légers, grands chagrins de l'enfance :
Et sensible à ses pleurs, prompte à les essuyer,
Lui donne les hochets qui les font oublier.
Le rire dans l'enfance est toujours près des larmes.

Tu fuis, saison paisible, âge rempli de charmes,
Pour faire place au temps où l'homme chaque jour
Sort du sommeil des sens, et s'éveille à l'amour.
Déjà son front se peint d'une rougeur timide ;
Dans son regard plus vif brille une flamme humide ;
Son cœur s'enfle et gémit ; de ses soupirs troublé,
Tout son sein se soulève et retombe accablé ;

Dans ses veines en feu son sang se précipite;
Son sommeil le fatigue, et son réveil l'agite;
Il s'élance inquiet, avide, impétueux,
Il promène au hasard ses vœux tumultueux;
Il poursuit, il appelle un bonheur qu'il ignore :
De qui l'obtiendra-t-il? c'est d'une femme encore!
Une femme, en secret lui rendant ses soupirs,
Rêveuse, s'abandonne à ses vagues désirs.
O première faveur d'une première amante!
Dès que, sur l'incarnat d'une bouche charmante,
Il a bu des baisers le nectar inconnu,
Dès qu'un nouveau succès, par degrés obtenu,
L'a conduit, dans les bras de sa belle maîtresse,
De surprise en surprise au comble de l'ivresse,
Il se croit transporté dans un autre univers
Où la terre s'éclipse, où les cieux sont ouverts :
Il ne se connaît plus, il palpite, il soupire;
Il se sent étonné du charme qu'il respire;
L'ivresse de ses sens a passé dans son cœur,
Il nage dans un air tout chargé de bonheur.

Sa maîtresse ! ô combien son regard la dévore !
Il la voit comme un dieu que sans cesse il adore :
Son cœur brûlait hier, son cœur brûle aujourd'hui ;
Il ne sait s'il existe ou dans elle ou dans lui ;
Paraissent-ils ensemble au milieu d'une fête,
Son œil préoccupé ne suit que sa conquête.
Vient-il chercher, sans elle, au lever d'un beau jour,
Le doux exil des champs, lieu plus cher à l'amour,
Chaque objet la lui rend : l'éclat des dons de Flore,
C'est l'éclat de ce teint que la pudeur colore ;
L'azur du firmament par l'aurore éclairé,
C'est l'azur des beaux yeux dont il est enivré ;
Le rayon du matin, c'est la douce lumière
Qui luit si tendrement sous leur longue paupière ;
Le murmure flatteur des limpides ruisseaux,
Le souffle des zéphirs, le concert des oiseaux,
C'est le son de la voix qui répond à son ame :
Tout l'univers enfin l'entretient de sa flamme.
Pour lui plus de langueurs, plus de maux, plus d'ennuis
L'amour remplit, enchante et ses jours et ses nuits ;

Il n'a qu'un seul objet qui l'occupe et l'embrase ;
Et son heureuse vie est une longue extase.

Un tel sort n'appartient qu'aux cœurs vraiment épris.
L'homme, hélas ! trop souvent en méconnaît le prix ;
Il cède à l'inconstance ; et, semblable à l'abeille
Qui, cherchant des jardins l'odorante corbeille,
Dans son vol passager, des plus brillantes fleurs
Pompe légèrement le suc et les couleurs,
Il court de belle en belle, et ses ardeurs errantes
Lui livrent tour-à-tour vingt Graces différentes.
Mais ce bonheur changeant, vaine félicité,
Peut séduire ses sens, plaire à sa vanité;
Son ame, bientôt lasse, en connaît tout le vide ;
Il demande à l'hymen un lien plus solide :
Il choisit une épouse, et redevient heureux !
Ce temple orné pour lui de festons et de feux,
Ces amis unissant leur présence et leur joie
A la solennité que ce jour lui déploie,

Cette vierge qui vient en face des autels
Se soumettre à ses lois par des nœuds immortels,
Et belle de candeur, de grace et de jeunesse,
Lui donne de l'aimer la publique promesse ;
Cette religion dont le pouvoir pieux
Grave de son bonheur le pouvoir dans les cieux ;
Ces parens attendris dont la main révérée
Lui remet de son nom leur fille décorée,
Et cette nuit heureuse où, dans sa chaste ardeur,
D'une épouse ingénue étonnant la pudeur,
Il entend s'échapper d'un modeste silence
Ce premier cri d'amour surpris à l'innocence ;
Tout renouvelle ensemble et son ame et ses sens.
De jour en jour livrée à ses feux renaissans,
Si des transports fougueux que le bel âge inspire
Elle ne lui fait pas retrouver tout l'empire,
Elle donne sans cesse à son cœur satisfait
Un penchant plus durable, un bonheur plus parfait ;
Elle fixe chez lui la douce confiance,
La tendresse et la paix, vrais biens de l'existence,

Tempère ses chagrins, ajoute à ses plaisirs,
Soulage ses travaux, et remplit ses loisirs.
Oui, des plus durs emplois où l'homme se prodigue
Elle sait à ses yeux adoucir la fatigue :
Artisan, souffre-t-il par le travail lassé,
Il revoit sa compagne, et sa peine a cessé.
Ministre, languit-il dans son pouvoir suprême,
Au sein de son épouse il vient se fuir lui-même.
Il y vient oublier l'ennui, le noir soupçon,
Qui mêlent aux grandeurs leur dévorant poison,
Et, distrait de l'orgueil par l'amour qui l'appelle,
Du poids de ses honneurs il respire auprès d'elle.
Elle est dans tous les temps son soutien le plus doux.

Un fils lui doit le jour! O trop heureux époux!
Quel trésor pour ton ame! Avec quel charme extrême
Tu te sens caresser par un autre toi-même!
Tu presses sur ton cœur ce gage précieux,
Tu recherches tes traits dans ses traits gracieux!

Tu compares surtout et l'enfant et la mère ;
S'il t'offre son portrait, il te la rend plus chère.
Comme ton œil ému, dès qu'il sort de tes bras,
De tous ses mouvemens suit l'aimable embarras,
Et voit avec ivresse en ta maison bruyante
Jouer, courir, grandir ton image vivante !
Comme dans ses penchans, qu'il t'offre sans détour,
Tu démêles déjà ce qu'il doit être un jour,
Et te plais, de son âge oubliant la faiblesse,
A pressentir dans lui l'honneur de ta vieillesse !
Et si l'hymen, donnant une sœur à ton fils,
De ton cœur paternel double les droits chéris,
Dans quel enchantement tu vois près de sa mère
Cette enfant rechercher d'autres jeux que son frère,
Chaque jour se former par tes soins vigilans,
Croître en esprit, en mœurs, en attraits, en talens,
Et d'un vertueux sexe, en ses regards pudiques,
Promettre la sagesse et la grace angéliques !
Tu dois à ton épouse un destin si flatteur.

Il est, comme ces nœuds, un lien enchanteur,
C'est la pure amitié. Tendre sans jalousie,
Des hommes qu'elle enchaîne elle charme la vie;
Mais auprès d'une femme elle a plus de douceur :
C'est alors que d'Amour elle est vraiment la sœur.
C'est alors qu'on obtient ces soins, ces préférences,
Ces égards délicats, ces tendres complaisances,
Que les hommes entre eux n'ont jamais qu'à demi;
On a moins qu'une amante, on a plus qu'un ami.
Est-il quelques projets que votre esprit enfante,
Vous aimez qu'une femme en soit la confidente.
Elle pèse avec vous dans un commerce heureux,
Ce qu'ils ont de certain, ce qu'ils ont de douteux.
Êtes-vous tourmenté d'une peine profonde;
C'est un charme à vos maux qu'une femme y réponde.
Elle prend mieux le ton qui calme les douleurs;
Son œil aux pleurs d'autrui sait mieux rendre des pleurs;
Et son cœur, que jamais l'égoïsme n'isole,
Dit mieux au malheureux le mot qui le console.
Bon La Fontaine, ô toi qui chantas l'amitié,

Avec La Sablière ainsi tu fus lié !
Prolongeant, sans amour, des entretiens aimables,
Elle écoutait ton cœur, tes chagrins et tes fables ;
Au fond de ta pensée allait chercher tes vœux ;
Sauvait tout soin pénible à tes goûts paresseux,
Et, chassant de tes jours les plus légers nuages,
Te donnait un bonheur pur comme tes ouvrages.
Tels sont d'un sexe aimé les différens bienfaits.

Mais s'il mène aux plaisirs, il invite aux succès.
Notre gloire est souvent l'ouvrage d'un sourire.
Quel homme, pour charmer la beauté qui l'inspire,
Se livrant aux travaux qu'un regard doit payer,
S'il possède un talent ne souhaite un laurier?
Ce désir est surtout l'aiguillon du poète.
Sitôt que l'amour parle à son ame inquiète,
Dévorant nuit et jour les écrivains fameux,
Il ne respire plus qu'il ne soit grand comme eux.
Dans ce cirque imposant où règne Melpomène,

Il soumet un ouvrage aux juges qu'elle amène :
Quelle chaleur, quel choc de sentimens divers !
Le feu qui le consume a passé dans ses vers.
Dans les scènes, surtout, où l'action pressante
Peint les feux d'un amant, les douleurs d'une amante,
Chaque vers est empreint de ce style enflammé
Que cherchent vainement ceux qui n'ont point aimé.
Du trouble le plus doux il fait goûter les charmes ;
On l'applaudit du cœur, de la voix et des larmes :
Il triomphe, et s'écrie en son transport brûlant :
O femmes ! c'est à vous que je dois mon talent.
Ce jeune homme rampait dans un repos vulgaire ;
D'où vient que maintenant il appelle la guerre ?
C'est qu'aux yeux de l'objet dont son cœur est épris,
Si Mars le rend fameux, il aura plus de prix.
Par les femmes toujours la valeur fut chérie.
Vous le prouvez, ô temps de la chevalerie !
Dans cet âge célèbre où régnait la beauté :
Quand partait des combats le signal redouté,
La maîtresse d'un preux, excitant sa vaillance,

Lui donnait fièrement et son casque et sa lance,
Attachait son armure, où, d'un travail heureux,
Elle avait enlacé leurs chiffres amoureux.
Souvent il recevait d'une amante intrépide
Un voile pour écharpe, un portrait pour égide.
Fier de ces ornemens, par une femme armé,
Il combattait, de gloire encor plus affamé;
Vingt drapeaux étaient pris, vingt cohortes domptées :
On eût dit qu'il portait des armes enchantées!
Triomphant, au retour quel était son bonheur!
L'avouant pour amant, d'accord avec l'honneur,
Dans la solennité d'une superbe fête,
Elle seule plaçait le laurier sur sa tête;
Et ce prix, dans son cœur tendre et fier tour-à-tour,
L'un par l'autre augmentait la vaillance et l'amour.
Ah! dans nos jours guerriers, pourquoi ce noble usage,
Qui sut de nos aïeux enflammer le courage,
N'a-t-il pas, s'alliant à notre essor nouveau,
De notre république embelli le berceau?
Sans ce doux aiguillon nous fûmes indomptables;

Mais serions-nous moins grands si nous restions aimables?
Dignes de notre nom, soyons toujours Français.
Je veux voir, dans l'éclat de nos divers succès,
Des vierges, ornemens de nos fêtes publiques,
Présenter aux guerriers les palmes héroïques.
C'est ainsi que les Grecs, modèles des humains,
Couronnaient un vainqueur par les plus belles mains,
Et, donnant cet attrait aux faveurs de la gloire,
De plus nombreux exploits remplissaient leur histoire.
Rappelons ces honneurs tels qu'ils les ont connus :
Il faut que Mars toujours soit l'amant de Vénus,
Et que par leur accord notre vaillante audace
Offre un brillant mélange et de force et de grace.
Qui mieux que la beauté peut armer la valeur?
Elle-même de Mars sent la noble chaleur.
N'a-t-on pas vu jadis une femme grand homme
S'opposer dans Palmyre aux ravages de Rome?
Une autre, vers l'Euphrâte enchaîné sous sa loi,
Combattre en conquérant et gouverner en roi?
Que dis-je? le laurier n'appartient-il qu'aux reines?

Non ; mille autres encor, sans être souveraines,
Osèrent dans un camp, généraux ou soldats,
Presser d'un dur airain leurs membres délicats,
Couvrir d'un casque affreux une tête charmante,
De leurs débiles mains prendre une arme pesante,
Et, cherchant les périls, exposèrent aux coups
Ces attraits destinés à des combats plus doux ;
Noble effort, où, comptant sur une double gloire,
Leur bras, comme leurs yeux, leur donnait la victoire.
Fière Télesilla, j'atteste tes exploits,
J'atteste ta valeur, qui défendit nos lois :
Jeanne d'Arc : Orléans tremblait pour ses murailles ;
Tout-à-coup, du hameau t'élançant aux batailles,
Tu parais ; le soldat, à son honneur rendu,
Croit voir l'ange de Dieu dans ses rangs descendu.
Tu combats : l'Anglais perd sa superbe assurance :
Du joug de l'étranger tu délivres la France ;
Tu rends libre Orléans ; et dans Reims étonné
Tu ramènes ton roi, qui fuyait détrôné.

Sexe heureux ! son destin est de vaincre sans cesse.
Mais peut-être le fer sied mal à sa faiblesse;
Ses pleurs, arme plus douce, ont autant de pouvoir.
Aman proscrit les Juifs, Esther est leur espoir,
Aux pieds d'Assuérus, de ses larmes ornée,
Esther demande grâce, et leur grâce est donnée.
Le fier Coriolan, aux Volsques réuni,
Revient exterminer Rome qui l'a banni :
Tribuns, consuls, vieillards, pontifes et vestales,
Tout presse ses genoux sous ses tentes fatales;
Inclinés devant eux, devant son front altier,
Ses dieux même, ses dieux semblent le supplier,
Mais il n'écoute rien qu'une aveugle colère,
Il est prêt à frapper.... Il n'a pas vu sa mère !
Elle entre : Rome en vain la séparait d'un fils;
Immolant cette injure au bien de son pays,
Elle implore un vainqueur qui cède à sa prière :
Les pleurs de Véturie ont sauvé Rome entière.
Les pleurs ont mille fois désarmé les héros.
Vainement Edouard au glaive des bourreaux

Veut de Calais dompté livrer les six victimes :
Son épouse défend ces Français magnanimes,
Et, d'un prince terrible arrêtant la fureur,
Rend la vie aux vaincus et la gloire au vainqueur.
Quel bonheur pour les rois et la terre soumise
Qu'une femme sensible au trône soit assise !
L'opprimé trouve en elle un généreux secours.
Souvent même, échappée à la pompe des cours,
Du chaume ou des prisons cherchant l'ombre importune,
Elle vient recueillir les cris de l'infortune,
Les porte au souverain ; et ces tristes accens
Réveillent de son cœur les soins compatissans.
Elle obtient du pouvoir, qu'elle rend plus affable,
Un poste à l'indigent, un pardon au coupable ;
Elle le fait chérir par ses bienfaits nombreux ;
Et le monarque est grand quand le peuple est heureux.
Quel éclat doit ce sexe à sa vertu suprême !
Mais ne la montre-t-il que sous le diadème !
A l'exercer partout son cœur est empressé.
Ouvre-toi, triste enceinte où le soldat blessé,

Le malade indigent et qui n'a point d'asile,
Reçoivent un secours trop souvent inutile.
Là des femmes, portant le nom chéri de sœurs,
D'un zèle affectueux prodiguent les douceurs.
Plus d'une apprit long-temps dans un saint monastère,
En invoquant le ciel, à protéger la terre,
Et, vers l'infortuné s'élançant des autels,
Fut l'épouse d'un Dieu pour servir les mortels.
O courage touchant! ces tendres bienfaitrices,
Dans un séjour infect, où sont tous les supplices,
De mille êtres souffrans prévenant les besoins;
Surmonte les dégoûts des plus pénibles soins;
Du chanvre salutaire entourent leurs blessures,
Et réparent ce lit témoin de leurs tortures,
Ce déplorable lit, dont l'avare pitié
Ne prête à la douleur qu'une étroite moitié.
De l'humanité même elles semblent l'image;
Et les infortunés que leur bonté soulage
Sentent avec bonheur, peut-être avec amour,
Qu'une femme est l'ami qui les ramène au jour.

O femmes ! c'est à tort qu'on vous nomme timides :
A la voix de vos cœurs vous êtes intrépides.
Pourquoi de vils bourreaux, dans l'empire thébain,
Dévouant Antigone aux horreurs de la faim,
La plongent-ils vivante en une grotte obscure ?
C'est qu'à son frère mort donnant la sépulture,
Sa main religieuse à la tombe a remis
Ces restes qu'aux vautours la haine avait promis.
Elle savait la loi qui la mène au supplice ;
Mais elle n'a rien vu que son cher Polynice,
Qui, privé du tombeau, réclamait son appui ;
Et pour l'ensevelir elle meurt avec lui.
Qu'a fait cette Eponine à l'échafaud conduite ?
Dans un obscur réduit, où, dérobant sa fuite,
Sabinus d'un vainqueur trompa dix ans les coups,
Elle vint partager les périls d'un époux :
De l'amour conjugal ô mémorable exemple !
Par elle un souterrain du bonheur fut le temple.
Aux yeux de Sabinus elle sut chaque jour
Embellir par ses soins le plus affreux séjour ;

Des plus sombres échos lui charma la tristesse,
En les adoucissant des sons de la tendresse;
Et du roc qui la nuit les recevait tous deux
Fit la couche riante où l'hymen est heureux.
Blanche est plus grande encor : dans Bassane assiégée
Son époux était mort; et, près d'elle érigée,
Chaque jour une tombe a reçu sa douleur.
Bassane cependant cède au fer du vainqueur.
Parmi les flots de sang que verse sa vengeance,
Jusqu'au palais de Blanche Acciolin s'avance;
Il la voit, il l'adore, il tombe à ses genoux;
Et vainqueur, il réclame un triomphe plus doux.
Elle veut résister : il frémit, il menace;
Au respect de l'amour a succédé l'audace.
Blanche, près de subir l'horreur de ses transports :
« N'insulte pas, dit-elle, à la cendre des morts.
« Ici repose, hélas! un époux que je pleure :
« Laisse-moi sans témoin l'embrasser. Dans une heure
« De mon triste destin tu pourras disposer. »
Le vainqueur attendri n'ose la refuser.

Lui-même de la tombe il fait lever la pierre :
Il sort, ivre d'espoir. L'auguste prisonnière
S'élance sans pâlir près de ce corps glacé ;
Et, d'un sein amoureux l'ayant encor pressé,
Elle attire sur soi, de ses mains assurées,
La pierre qui couvrait les dépouilles sacrées ;
Et, s'écrasant du poids sur sa tête abattu,
Du tombeau d'un époux protége sa vertu.
Que ne peut le devoir sur ces ames fidèles !

Eh ! pourquoi loin de nous en chercher les modèles ?
Naguère, en nos climats, lorsque de tout côté
Pesait des Décemvirs le sceptre ensanglanté,
N'ont-elles pas prouvé par mille traits sublimes
Combien leurs sentimens les rendent magnanimes ?
La Peur régnait partout : plus de cœurs, plus d'ami ;
Le Français du Français paraissait l'ennemi ;
Chacun savait mourir, nul ne savait défendre.
Elles seules, d'un zèle ingénieux et tendre,

Pour détourner la mort qui nous menaçait tous,
Osèrent des tyrans aborder le courroux.
Celle-ci, dès l'aurore au repos arrachée,
Attendait leur présence, à leur porte attachée;
Celle-là, d'un geôlier insensible à ses pleurs,
Désarmant par son or les avares fureurs,
Dans un sombre cachot, d'un époux ou d'un père
Accourait chaque jour consoler la misère.
L'une d'un objet cher qui marchait à la mort
Demandait avec joie à partager le sort.
L'autre cédait aux feux d'un juge sanguinaire,
Pour les jours d'un époux vertueuse adultère:
Toutes enfin, l'appui des Français malheureux,
Parlaient, priaient, pleuraient, ou s'immolaient pour eux.
Leur ame en nos dangers fut toujours secourable.
Remontons au moment où d'un règne exécrable
Septembre ouvrit le long et vaste assassinat.
Dans le sommeil des lois, dans l'effroi du sénat,
Des monstres, qu'irritaient Bacchus et les Furies,
Aux prisons, en hurlant, portent leurs barbaries.

Ils mêlent sous leurs coups les sexes et les rangs;
Ils jettent morts sur morts, et mourans sur mourans:
Tout frémit.... Une fille au printemps de son âge,
Sombreuil, vient, éperdue, affronter le carnage:
« C'est mon père, dit-elle, arrêtez, inhumains! »
Elle tombe à leurs pieds, elle baise leurs mains,
Leurs mains teintes de sang! C'est peu; forte d'audace,
Tantôt elle retient un bras qui le menace,
Et tantôt, s'offrant seule à l'homicide acier,
De son corps étendu le couvre tout entier.
Elle dispute aux coups ce vieillard qu'elle adore;
Elle le prend, le perd, et le reprend encore.
A ses pleurs, à ses cris, à ce grand dévouement,
Les meurtriers émus s'arrêtent un moment:
Elle voit leur pitié, saisit l'instant prospère,
Du milieu des bourreaux elle enlève son père,
Et traverse les murs ensanglantés par eux,
Portant ce poids chéri dans ses bras généreux.
Jouis de ton triomphe, ô moderne Antigone!
Quel que soit le débat et du peuple et du trône,

Tes saints efforts vivront d'âge en âge bénis :
Pour admirer ton cœur tous les cœurs sont unis ;
Et ton zèle, à jamais cher aux partis contraires,
Est des enfans l'exemple, et la gloire des pères.
Faut-il qu'au meurtre en vain son père ait échappé !
Des brigands l'ont absous, des juges l'ont frappé !

Tel brille en ses vertus un sexe qu'on déprime.
Que sous nos pas tremblans le sort creuse un abîme,
Il s'y jette avec nous, ou devient son appui ;
Toujours le malheureux se repose sur lui.
L'heureux même lui doit ses plaisirs d'âge en âge ;
Et, quand son front des ans atteste le ravage,
Une femme embellit jusqu'à ses derniers jours.
Au terme de sa course, il s'applaudit toujours
De voir à ses côtés l'épouse tendre et sage
Avec qui de la vie il a fait le voyage,
Et la fille naïve à qui, pour le chérir,
Il ouvrit le chemin qu'il vient de parcourir.

Grace aux soins attentifs dont leurs mains complaisantes
S'empressent à calmer ses peines renaissantes,
De la triste vieillesse il sent moins le fardeau ;
Il cueille quelques fleurs sur le bord du tombeau ;
Et lorsqu'il faut quitter ces compagnes fidèles,
Son œil, en se fermant, se tourne encor vers elles.

Eh bien ! vous, de ce sexe éternels ennemis,
Qu'opposez-vous aux traits que je vous ai soumis ?
Vous me peignez soudain la joueuse, l'avare,
L'altière au cœur d'airain, la folle au cœur bizarre,
La mégère livrée à des soupçons jaloux,
Et l'éternel fléau d'un amant, d'un époux :
Nous sied-il d'avancer ces reproches étranges ?
Pour oser les blâmer, sommes-nous donc des anges ?
Et, non moins imparfaits, ne partageons-nous pas
Leurs travers, leurs défauts, sans avoir leurs appas ?
Vous ne m'écoutez point ; et, d'un ton plus austère,
Vous m'offrez Éryphile et sa fourbe adultère,

Les fureurs dont Médée épouvanta Colchos,
Le crime qui souilla les femmes de Lemnos,
Messaline ordonnant d'horribles saturnales;
Et, de l'antiquité passant à nos annales,
Vous mettez sous mes yeux l'affreuse Médicis
Au meurtre des Français encourageant son fils:
Qui ne hait comme vous ces femmes sanguinaires?
Mais jugea-t-on jamais les rois sur les Tibères?
Et la femme perverse à d'équitables yeux
Doit-elle rendre enfin tout son sexe odieux?
Mille étoiles au loin rayonnent sur nos têtes:
Il en est dont le cours amène les tempêtes;
Mais, quoique leur aspect présage des malheurs,
Trouvons-nous moins d'éclat à leurs brillantes sœurs
Qui viennent, de la nuit perçant les voiles sombres,
Consoler nos regards du vaste deuil des ombres?
Des fleurs ornent nos champs : mais pour les trahisons
Si plus d'une à la haine offre de noirs poisons,
En admirons-nous moins celles qui sur leur tige
D'innocentes couleurs étalent le prestige,

Et font à l'odorat, comme les yeux charmé,
Respirer le plaisir dans leur souffle embaumé?
Les femmes, dût s'en plaindre une maligne envie,
Sont ces fleurs ornemens du désert de la vie.
Reviens de ton erreur, toi qui veux les flétrir :
Sache les respecter autant que les chérir ;
Et, si la voix du sang n'est point une chimère,
Tombe aux pieds de ce sexe à qui tu dois ta mère.

FIN DU POÈME.

NOTES.

Page 1, vers 8.

Célébrer des humains la plus belle moitié.

MM. Campenon, Auguste Creuzé et Dusaussoir ont aussi traité ce sujet en vers très agréables.

Page 2 vers 5.

Pour son dernier ouvrage il créa la Beauté.

Il faut lire dans le Paradis perdu de Milton l'épisode

où Ève reçoit le jour. Celui de sa séduction le surpasse encore : j'en ai essayé cette imitation en vers.

Au milieu de l'Éden un bois touffu s'élève;
Dans ces lieux enchanteurs le fier Satan vers Ève
Porte ses pas, caché sous les traits du serpent.
Il ne se traînait pas sur la terre en rampant,
Comme on voit s'y glisser cette race ennemie;
Il accourt, élevé sur sa croupe affermie,
Dont les divers anneaux, l'un sur l'autre placés,
En dédales vivans montaient entrelacés.
Son cou noble, sa tête avec grace flottante,
Et des feux du rubis sa prunelle éclatante,
Et sa robe, où jouait le reflet vif et pur
De mille écailles d'or, d'émeraude, et d'azur,
Embellissaient ce corps élégant et superbe,
Dont les derniers replis se déroulaient sur l'herbe.
Il prend pour approcher des détours sinueux :
Tel, sur l'azur des mers, près des bords tortueux,

D'un long cap où le vent tourne et change sans cesse,
Le vaisseau, qu'un nocher dirige avec adresse,
De ce souffle incertain suit tous les mouvemens,
Et tour-à-tour présente ou son front ou ses flancs.
Tel le serpent près d'Ève, en courtisan habile,
Varie à chaque instant sa démarche mobile;
Et de divers replis dessinant le contour,
Pour en être aperçu forme cent lacs d'amour.
D'un ouvrage riant tout entière occupée,
De ses brillans reflets Ève n'est point frappée :
Les animaux jouaient si souvent sur ses pas,
Que ses regards vers eux ne se détournaient pas.
Alors l'adroit serpent, sans que son œil l'appelle,
Comme pour l'admirer, se place devant elle.
Il y semble ravi de son auguste aspect;
Mille fois il incline, en signe de respect,
Et le panache errant d'une tête pompeuse,
Et d'un col émaillé la souplesse onduleuse;
D'un œil étincelant dévore ses appas,
Et baise avec transport la trace de ses pas.

Ces efforts obstinés et ce muet hommage,
D'Ève qui les observe, ont suspendu l'ouvrage.
Enfin sur le serpent son regard est fixé :
Il aborde en feignant un air embarrassé,
Et par ces mots flatteurs captive son oreille :
« Reine de l'univers, rare et seule merveille
» Dont nos bosquets divins doivent être orgueilleux,
» Que ce discours pour vous n'ait rien de merveilleux !
» Surtout, en vous cherchant, si j'ai pu vous déplaire,
» Daignez à mes regards cacher votre colère.
» Ce sentiment cruel n'est point fait pour vos yeux,
» Aussi doux que l'azur dont se parent les cieux.
» Ah ! rassurez plutôt un sujet qu'intimide
» L'auguste majesté qui sur ce front réside.
» Sans doute j'aurais dû fuir ce lieu retiré
» Dont votre aspect divin fait un temple sacré :
» Mais j'ai voulu vous voir pensive et solitaire :
» A ce brûlant désir je n'ai pu me soustraire ;
» Et, si c'est un forfait que de vous supplier,
» Accusez vos attraits qui font tout oublier.

» Oui, vous êtes de Dieu la plus brillante image ;
» C'est en vous que la terre aime à lui rendre hommage,
» Tout ce qui vit, d'amour, d'ivresse transporté,
» Adore cette noble et céleste beauté,
» Que sa puissante main, en prodiges féconde,
» Fit comme le soleil pour enchanter le monde.
» Mais ce charmant ouvrage, où se plut son auteur,
» Méritait comme lui plus d'un admirateur :
» Je gémis de vous voir dans l'Éden prisonnière,
» Parmi les animaux, troupe aveugle et grossière,
» Qui ne saurait sentir, dans son instinct borné,
» Tout le prix des attraits dont ce front est orné.
» Seul des êtres vivans attirés sur vos traces,
» L'homme peut dignement apprécier vos graces ;
» Mais quand vous rassemblez des trésors si nombreux,
» Un seul être, un seul juge est-il assez pour eux ?
» Déesse condamnée à trop peu de louanges,
» Vous méritiez pour suite et les Dieux et les anges :
» Ce sont eux qui devraient, embrassant vos genoux,
» Partager leur encens entre leur maître et vous. »

Il se tait : son adroite et douce flatterie
D'Ève, qu'il fait rougir, séduit l'ame attendrie.
Des discours du serpent elle se sent troubler :
Surprise en même temps de l'entendre parler.
« O prodige !... Est-il vrai ? Comme moi tu t'exprimes ?
» Ta voix même s'élève à des pensers sublimes ?
» Comment possèdes-tu ce présent, qu'en ce lieu
» L'homme seul avec l'ange avait reçu de Dieu ?
» D'un miracle si grand conte-moi le mystère ;
» Dis par quel intérêt plus soigneux de me plaire,
» Tu me rends aujourd'hui cet hommage empressé
» Que l'animal encore ne m'a point adressé. »
Le fourbe redoublant son astuce profonde :
« Belle Ève, reprend-il, premier charme du monde,
» Lorsque vous commandez, il m'est doux d'obéir.
» Quand Dieu de la clarté me permit de jouir.
» J'étais en tout semblable à la brute nourrie
» De l'herbe que vos pieds foulent dans la prairie.
» J'avais par l'instinct seul éclairé chaque jour,
» Et l'esprit sans pensée, et le cœur sans amour.

» Mais un matin, sorti d'un berceau balsamique,
» Je vis dans le lointain un arbre magnifique,
» Chargé d'immenses fruits, que la pourpre et que l'or
» De leurs riches couleurs embellissaient encor ;
» J'y cours avec surprise : une haleine embaumée
» S'exhalant de ces fruits, dont ma vue est charmée,
» Porte à mon odorat des esprits plus flatteurs
» Que le parfum du lait et le souffle des fleurs ;
» Et cette douce odeur, ces formes séduisantes,
» Irritent de ma faim les ardeurs plus pressantes.
» Je n'y résiste plus : de mon corps tortueux
» J'embrasse au même instant l'arbre majestueux.
» Franchissant ses rameaux qui jusqu'aux cieux s'élancent,
» Je monte vers la branche où ses fruits se balancent.
» Sur sa cime élevée à la fin parvenu,
» Je cueille un de ses dons : ô transport inconnu !
» Non, le doux suc des prés, le cristal des fontaines,
» N'ont jamais fait couler dans mes brûlantes veines
» Une joie, un bonheur qu'on puisse comparer
» A ces plaisirs nouveaux qui vinrent m'enivrer.

» Je voudrais peindre en vain leur charme inconcevable :
» Mais ce n'est rien encore ; de cet arbre admirable
» A peine je quittais le céleste aliment,
» Que je sens dans mon ame un soudain changement.
» L'ombre qui la voilait de sa vapeur grossière
» Disparaît : la raison y lance sa lumière.
» La naissante pensée est prête à s'y former ;
» Sur mes lèvres les mots accourent l'exprimer ;
» Et, gardant mes seuls traits, j'entre avec assurance,
» Sous les mêmes dehors, dans une autre existence.
» Depuis ce temps heureux, mon ame avec ardeur
» A des œuvres de Dieu mesuré la grandeur.
» J'ai vu, j'ai comparé sur la terre, sur l'onde,
» Dans le pur firmament, voûte immense du monde,
» Tout ce que d'admirable ils peuvent étaler ;
» Cet univers n'a rien qui vous puisse égaler ;
» De vos dons éclatans l'assemblage suprême,
» Fait de vous la plus belle, en fait la beauté même.
» Voilà ce qui m'amène, et dussent vous lasser
» Les tributs que mon cœur aime à vous adresser

» Permettez que dans vous j'observe, admire, adore
» Celle dont tout se pare, et que rien ne décore ;
» Celle enfin qui, baissant ou relevant les yeux,
» Offre aux miens enivrés le chef-d'œuvre des cieux. »
Ces mots, où le mensonge avec art se déguise,
D'Ève trop attentive augmentent la surprise ;
Curieuse, elle dit : « En flattant ma beauté,
» Tu me défends de croire à cet arbre vanté.
» Je doute que les fruits qui forment sa parure
» Aient toute la vertu que ta bouche m'assure.
» Mais où s'élève-t-il dans ce vaste jardin? »
— « Il est près de ce lieu, lui répond-il soudain ;
» On le voit dans la plaine épancher son feuillage
» Sur les bords d'une source, au milieu d'un bocage,
» Où l'oranger, le baume et le tilleul en fleur,
» Disputent de parfum, d'ombrage, de couleur ;
» Et de myrtes touffus une allée odorante,
» De cet arbre divin est la route charmante :
» Mais sans guide vos yeux ne le trouveraient pas. »
— « Tu peux seul m'en servir : eh bien ! conduis mes pas. »

Dit-elle. Le serpent aussitôt la devance ;
En rapides anneaux il se roule, il s'élance ;
Sa cruelle allégresse éclate en la guidant ;
Sa crête en est plus vive, et son œil plus ardent.
Tel, sous des cieux obscurs que sa rougeur colore,
S'enflamme, resplendit, s'étend un météore,
Phénomène que l'ombre et la terre ont produit.
Par un esprit malin ce feu toujours conduit,
A l'œil du voyageur, dans la nuit ténébreuse,
Fait briller en flottant une lueur trompeuse,
Un éclat, qui bientôt l'égare en un sentier
Où quelque abîme ouvert l'engloutit tout entier.

Page 5, vers 15.

Des fleurs par Vallayer sur la toile jetées,
On est prêt à cueillir les tiges imitées.

Madame Vallayer-Coster excelle dans l'art de peindre les fleurs et la nature morte. Elle fut reçue, à l'âge de dix-neuf ans, membre de l'Académie royale de peinture. Deux de ses tableaux, dont l'un représente les attributs de la peinture, et l'autre ceux de la musique, avaient prouvé un si grand talent, que ses juges les adoptèrent aussitôt comme tableaux de réception. On les admire au muséum de Versailles.

Page 5, vers 17.

On croit voir respirer les portraits précieux
Où Le Brun immortelle attache tous les yeux.

Madame Le Brun n'est pas célèbre seulement par une foule de portraits qui l'ont placée à côté de Vandick; son talent s'est encore exercé sur des sujets qui ont mis le sceau à sa réputation. Je citerai *la paix ramenant l'Abondance; Vénus liant les ailes de l'Amour;* et surtout *la Tendresse maternelle.* Elle s'est représentée dans celui-ci tenant sa fille entre ses bras : composition, dessin, couleur, expression, tout plaît et attache dans cet admirable ouvrage. Madame Le Brun quitta la France pour aller étudier l'Italie, d'après le droit accordé par les lois aux artistes, et des vandales s'empressèrent de l'inscrire sur la liste des émigrés. En vain les hommes les plus célèbres dans les sciences, dans les lettres et dans les arts, présentèrent aux autorités une pétition pour son retour; ce n'est que sous le consulat de Bonaparte qu'elle a obtenu justice. Madame Le Brun est rendue à son pays; mais qui pourra dédommager l'école française des chefs-d'œuvre qu'elle a laissés chez l'étranger pendant dix années d'absence?

Page 6, vers 1.

Lisons Riccoboni, La Fayette, Tencin.

Madame de La Fayette et madame de Tencin s'illustrèrent avant madame de Riccoboni. La première composa *Zaïde* et *la Princesse de Clèves*; l'autre, les *Mémoires de Comminges*; et madame de Riccoboni, *le*

Marquis de Cressy, *Ernestine*, et d'autres romans délicieux.

Page 6, vers 3.

Et dans Cécilia, Sénange et Théodore,
Dans ces tableaux récens l'Amour est peintre encore.

Ces trois romans sont d'auteurs vivans. *Cécilia* est de miss Burney. Cet ouvrage réussit à Paris comme à Londres ; les caractères y sont parfaitement dessinés ; le tableau de la société y est très bien saisi ; c'est une des meilleures productions de la fin du XVIIIe siècle.

Adèle et Théodore est un roman de madame de Genlis. Il est, comme ses autres ouvrages, conduit avec habileté, et écrit avec beaucoup de charme. On y remarque surtout l'histoire d'une femme plongée dans un souterrain.

Adèle de Sénange est de madame de Flahaut. Ce roman commença et fit la réputation de son auteur. Il parut dans le temps où nous étions inondés de ces sombres productions des romanciers anglais, qui croient plaire avec des spectres et des horreurs; et comme il n'a rien d'un si lugubre appareil, comme tous les ressorts en sont simples, il reposa agréablement de ces compositions tristes et convulsives. Mais il ne dut pas le grand succès qu'il obtint à ce seul contraste; il le dut surtout à l'intérêt de l'action, à l'ingénuité des caractères, à la légèreté du style, à l'art des développemens, enfin à la découverte de ces nuances fines, de ces sentimens délicats, de ces expressions du cœur qu'une femme seule sait trouver.

Les romans de madame Cottin donnèrent une rivale à mesdames de Genlis et de Flahaut. Elle débuta par celui de *Claire d'Albe*, qui la fit très avantageusement connaître. Les autres sont d'un talent encore plus élevé: on y trouve une imagination vive et féconde, et le style d'un écrivain habile à peindre les grandes passions.

Lorsqu'on cite les femmes qui écrivent en prose, on ne peut oublier madame de Staël, dont le talent est si

www.ingramcontent.com/pod-product-compliance
Ingram Content Group UK Ltd.
Pitfield, Milton Keynes, MK11 3LW, UK
UKHW031959260826
14628UKWH00005B/2174

9 782013 075558